報紙收納袋
製作方法與使用方法

※請和家人一起來動手做吧。

① 將左下角的三角形沿著裁切線---裁剪下來。

② 將步驟①剪下來的三角形翻到背面，在黏貼處塗上黏膠。要小心不要把黏膠塗到線外喔。

③ 將步驟②塗好黏膠的三角形，依照下圖黏貼好，便大功告成了。

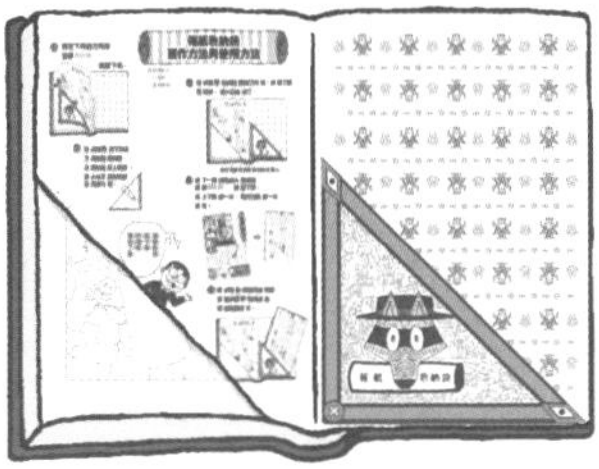

自己專屬報紙收納袋完成圖▲

④ 將下一頁所附的大張報紙沿著裁切線---裁剪下來，先上下對摺一次，再左右對摺一次即可。

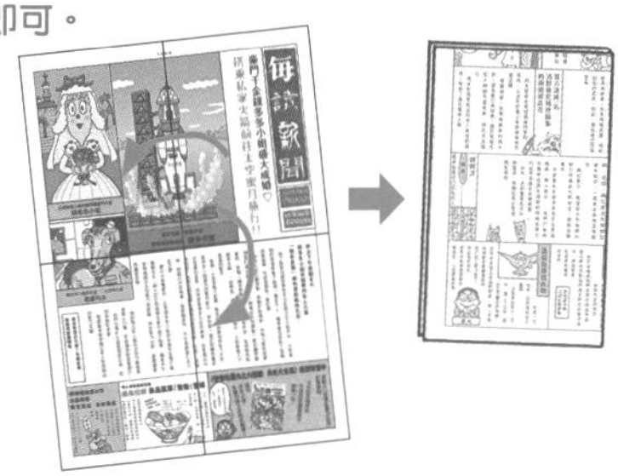

⑤ 將步驟④所摺好的報紙，放進步驟③所完成的報紙收納袋中。

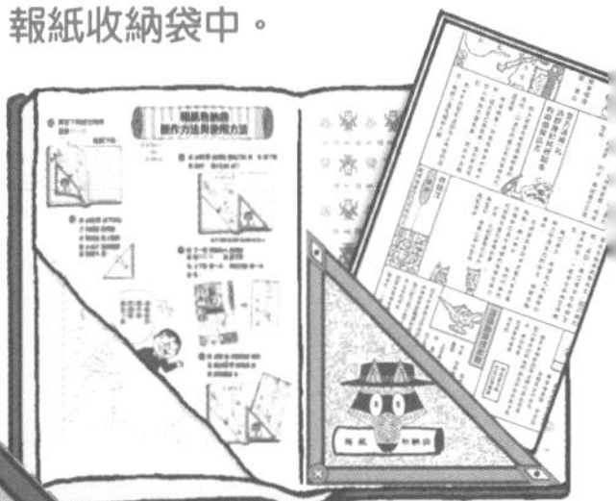

黏貼處

黏貼處

怪傑佐羅力
機器人救災大作戰

文·圖 **原裕** 譯 周姚萍

各位親愛的讀者，首先，請你們與佐羅力他們，一起閱讀這本書最前面所附的那張報紙，了解關於錢多多小姐的報導。

發生墜機事件那時的小女孩錢多多，現在已經長成亭亭玉立的小姐了。
還和太空飛行員結婚了呢。
而且還搭乘私家火箭去太空蜜月旅行，果然有錢人的排場真的好大啊。
得知認識的人獲得幸福，雖然很令人開心，但是這對於我們空空如也的肚子是一點幫助也沒有。
嘿，
要是不快點找到吃的東西，我們又得煎熬度過一個餓到睡不著的夜晚了。
咕嚕嚕嚕嚕～～

伊豬豬和
魯豬豬閉上眼睛，
專注的用鼻子嗅哇嗅，
仔細尋找看看
附近是否有堅果、
水果或野菇
的味道。
這時——

「在這邊！」伊豬豬搶先聞到了某一種食物的味道。

他一邊撥開茂密的野草，一邊飛快的往草原深處前進。

「唔？真的有嗎？」

魯豬豬半信半疑的跟在伊豬豬的後頭，張大了眼睛一看——

就在一條美麗河流的河岸邊，藍莓與野草莓結實纍纍。
不只如此，有一棵樹上還長著野生桃子，樹下則有可食的野菇探出頭來。
伊豬豬已經用超快速的動作，從地底下挖出山藥。
我的鼻子很靈光吧，嘿嘿嘿。
真的耶，伊豬豬你好強啊，我們今天晚上有大餐吃啦。
魯豬豬對哥哥佩服得五體投地，他也一邊摘著野草莓。

伊豬豬啃著山藥的時候，不經意抬起頭來一看，看到眼前的樹幹上停著一隻巨大的鍬形蟲。

哇，很少看到這麼大隻的鍬形蟲耶。

伊豬豬迅速的抓住鍬形蟲，放進他所撿到的扭蛋塑膠空殼裡，笑嘻嘻的盯著看。

這時，從另一頭那兒——

喂，你們找到什麼啦？
哦，魯豬豬做得好，你太棒了。

佐羅力跑了過來。從他眼中所看到的，是魯豬豬正在拼命收集食材，而伊豬豬則是抓著鍬形蟲正在玩。

受到佐羅力大師稱讚的魯豬豬，不禁露出害羞的微笑。

喂，伊豬豬，你到底在幹什麼呀？跟魯豬豬相比，你可真沒用啊！
啊。

伊豬豬聽了大吃一驚。因為這個地方是靠他的鼻子才找到的呢。然而知道真實狀況的魯豬豬，卻沒有幫他說任何一句話。

突然被罵沒用的伊豬豬，一股火氣直衝腦門。

你們兩個不要太過分了！算了，我不需要你們也能自己過日子。

伊豬豬丟下這些話之後，就跳過小河跑走了。

佐羅力和魯豬豬都是第一次看到伊豬豬發這麼大的火。

「伊豬豬，我剛剛講的有點太過分了，請你原諒我。」

「我錯了，剛剛我也沒有說是伊豬豬發現這個地方的。」

雖然兩個人都急忙想要攔住伊豬豬，但是伊豬豬正在氣頭上，怒氣難以消解，就跨著大步飛快跑遠了。

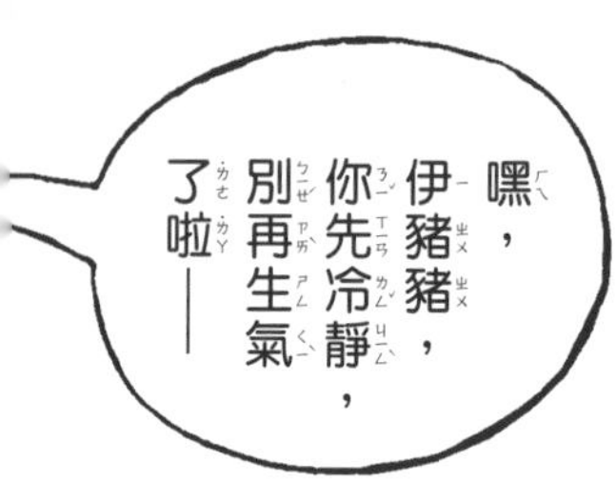
嘿，伊豬豬，你先冷靜，別再生氣了啦——

佐羅力與魯豬豬追在他身後跑了好一會兒，就在他們越過一位路人，

從他拿在手中的平板電腦聽到一則正在播報的新聞：

錢多多小姐所搭乘的私人火箭突然遇上引擎無法發動的大麻煩，由於失去動力的緣故，再這麼下去，將可能會演變成無法返航地球的狀態。
咦？

佐羅力與魯豬豬想都沒想，就停下了腳步——

他們從那個人手中搶走平板電腦，像要吞了似的，緊緊盯著螢幕。

播報員
儘管相關單位已經收到由太空飛行員葛雷發出的求救訊息，但是我國目前並沒有可以立即航向太空的火箭，根據了解，若是想以最快速度著手準備，至少也要花費三個月以上的時間。目前錢多多號裡所預儲的氧氣和食物，大約僅剩十天存量，可以說是救援無望。
嘿，幹嘛？
請、請快點還給我。
借我們看一下就好。

當前唯一可行的辦法，是由太空飛行員葛雷親自出馬，自行嘗試看看是否有辦法修理火箭。不過，據說火箭的機體已經受到相當大的損害，當局目前正在召集火箭專家，討論是否能夠伸出援手。
我的天哪——

光是認識錢多多這個理由，
就讓佐羅力無法對這件事置之不理。
不過，連國家都對這樣的情況
束手無策了，
現在的佐羅力
還能夠做些什麼呢？
「啊，對了！
如果是那個人的話，
他可能會有辦法！」

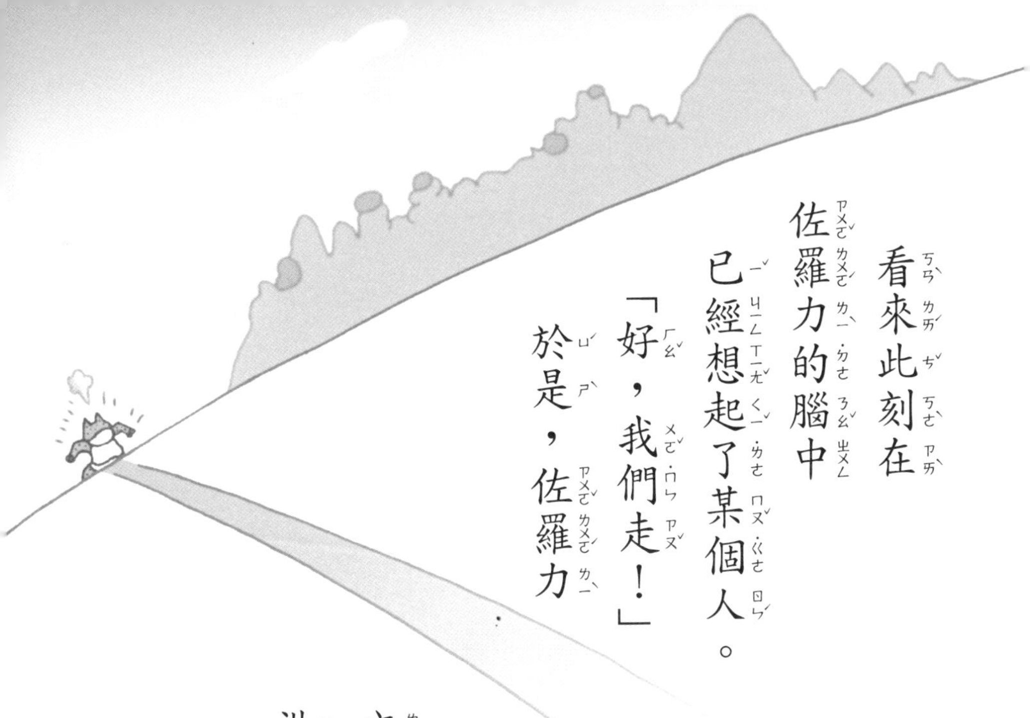

看來此刻在
佐羅力的腦中
已經想起了某個人。
「好，我們走！」
於是，佐羅力

拉著魯豬豬
立刻掉頭，
沿著先前來的路
飛快往回跑。

伊豬豬完全不知道有這樣的情況發生，此刻他的怒氣已經漸漸平息下來。

因為他知道不管是佐羅力或是魯豬豬，他們都是足以衷心信賴的夥伴。

他也感覺得到兩個人一直在追著自己跑。

「好吧，差不多可以原諒他們了啦。」

伊豬豬心裡冒出這個念頭後，

隨即轉身一看，想不到卻怎麼也看不到他們兩人的身影。

「太、太過分了。原來他們根本沒有把我當成夥伴看，嗚……」

伊豬豬感到深受打擊，雙眼湧出淚水。覺得自己真的變成孤孤單單的了。

那麼，佐羅力他們兩個急急忙忙奔跑過去的地方是——

NEW
造屁博士
專業研究所
造屁博士的專業研究所。
變身成怪傑佐羅力的裝扮前來拜訪。

造屁博士的相關事蹟……

造屁博士十分厲害，他曾經研發出一種地瓜，吃了就能夠產生出八倍威力的屁，並且利用以屁為動力的裝置拯救了地球。佐羅力他們也曾與造屁博士一起名列為放屁高手，當時十分活躍。

如果讀者們想要更加深入了解這個事件的始末，敬請閱讀這本書。

怪傑佐羅力之
拯救世界末日

造屁博士後來更成功的改良出新品種的地瓜，讓吃地瓜的人可以產生出十倍威力的屁。

佐羅力是這麼想的，
既然造屁博士都有辦法製造出
可以拯救地球的巨大裝置，
他此時一定也正刻不容緩的
研發著可以航向太空的火箭之類的
航空器。

至於造屁博士，則是驚訝的看著
突然打開研究所大門，
飛奔而入的佐羅力，

「喔哦，是佐羅力呀，你們來得正是時候，我剛好想找你們呢。」

造屁博士熱烈的歡迎佐羅力他們到來。

「我這個裝置總算製作完成，正等著有人來幫忙試驗，我最想借助的就是你們的力量。」

真不愧是造屁博士。

看來，他從新聞得知了消息之後，

就立刻將能夠營救錢多多號的火箭準備好了。

博士打開一扇巨大的門，帶領佐羅力他們走進一個房間——

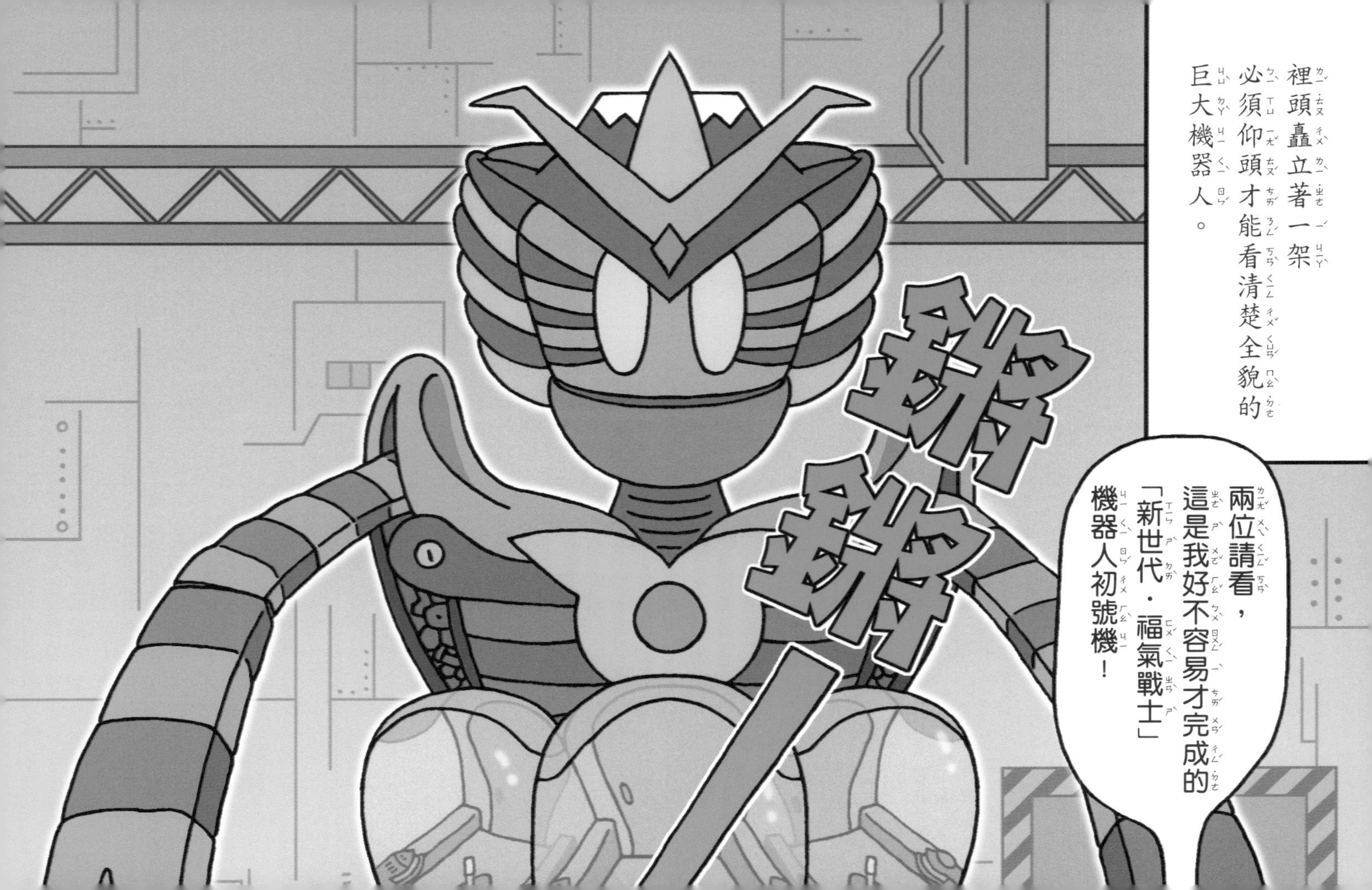
裡頭矗立著一架必須仰頭才能看清楚全貌的巨大機器人。
兩位請看，這是我好不容易才完成的「新世代・福氣戰士」機器人初號機！
鏘鏘

造屁博士繼續為佐羅力他們介紹「新世代・福氣戰士」機器人。

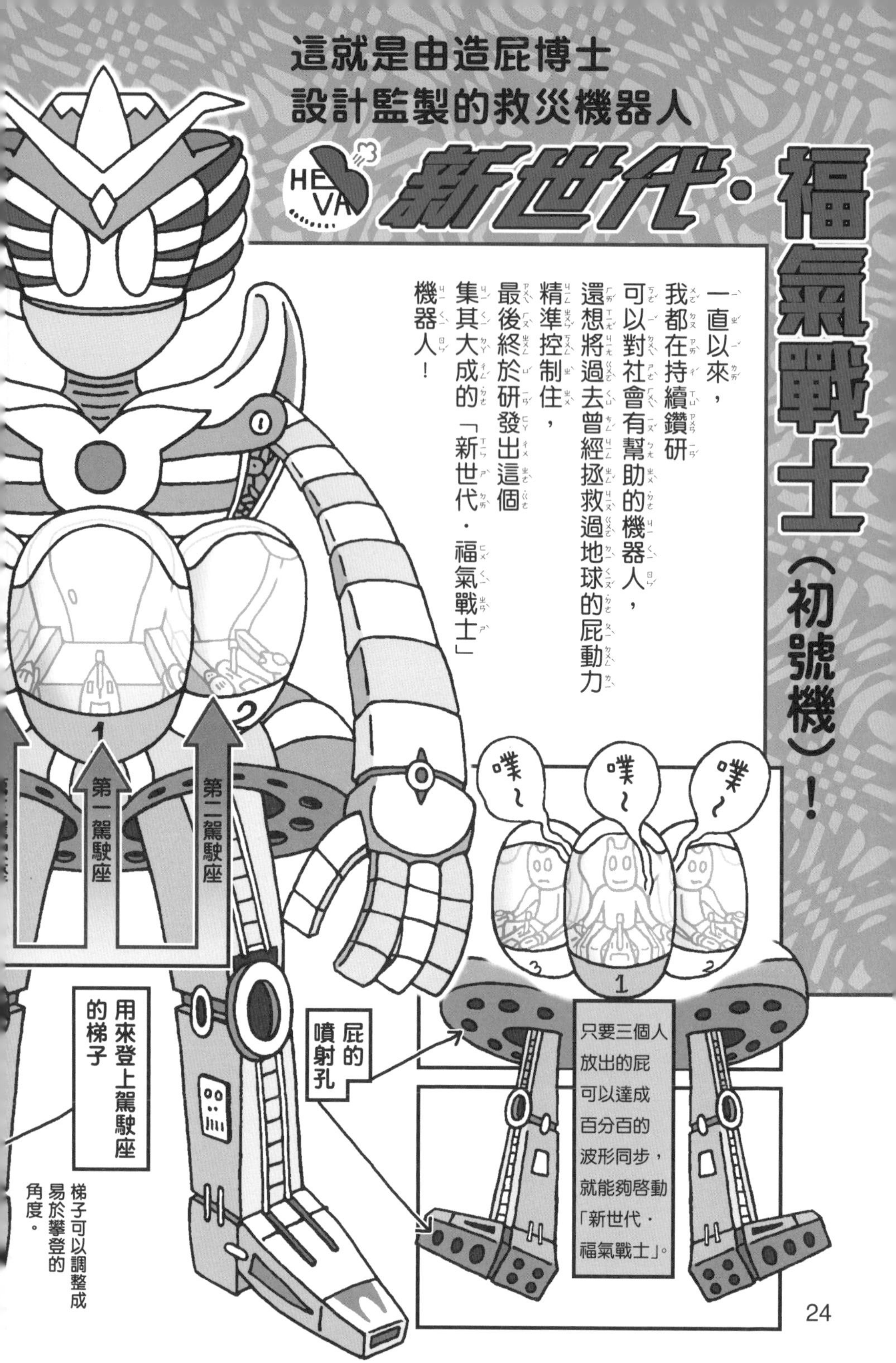
這就是由造屁博士
設計監製的救災機器人
HEVA
新世代．福氣戰士（初號機）！
一直以來，
我都在持續鑽研
可以對社會有幫助的機器人，
還想將過去曾經拯救過地球的屁動力
精準控制住，
最後終於研發出這個
集其大成的「新世代．福氣戰士」
機器人！
第一駕駛座
第二駕駛座
噗~
噗~
噗~
用來登上駕駛座的梯子
屁的噴射孔
只要三個人放出的屁可以達成百分百的波形同步，就能夠啓動「新世代．福氣戰士」。
梯子可以調整成易於攀登的角度。

● 當屁的輸出達到波形同步， 機器人可以一鼓作氣飛往災難現場。
● 還可以輕易的鏟走土石與瓦礫，將等待救援的受災者送往安全的地方。
你們仔細看，這個機器人內部設有三個駕駛座，對吧？我的設計是這樣的，只要分別坐上不同駕駛座的三位飛行員，他們放出的屁動能得以完完全全達到波形同步的時候，這個機器人就能啟動，並且發揮出最強大的救援威力。
啥？你說的波形同步是啥東西？

「所謂的波形同步，就是指擔任駕駛的飛行員
彼此之間達到百分百同步的心電感應。
只要三個人放屁的時候
無法三顆心合而為一，
放出來的屁動能就無法形成
完全一致的波形，
也就沒辦法讓這個機器人
好好遵照指示行動。
為了進行波形同步的試驗，

當時曾經一起拯救地球的
七位放屁高手團隊。

我聯絡了所有放屁高手
到這裡集合。
原本我最希望
能來幫忙的高手，
就是你們三位。
不過，你們好像一直在旅途中，
始終聯繫不上，
後來才不得不放棄。」

「咦？為、為什麼？」

「因為你們三位是最有默契的夥伴哪，
而且總是形影不離一起行動，不是嗎？
所以我深信你們三個人絕對能夠
一起放出波形同步的屁，
並且順利操控『新世代．福氣戰士』，
最後一定能夠脫穎而出，成為駕駛員。」

「那麼，只要我們三個人放出的屁
能夠很有默契的達成波形同步，
這個機器人就能去太空了，對嗎？」

「正是如此。
不過，
我說佐羅力呀，
你怎麼從剛剛開始
就那麼想要
飛到太空去呢？」

「咦？博士，您不知道嗎？
現在太空裡正發生了一件
不得了的事啊！」

佐羅力向造屁博士說明那一對不幸的新婚夫妻所面臨的困境，他們正因為搭乘的火箭發生意外而滯留太空。

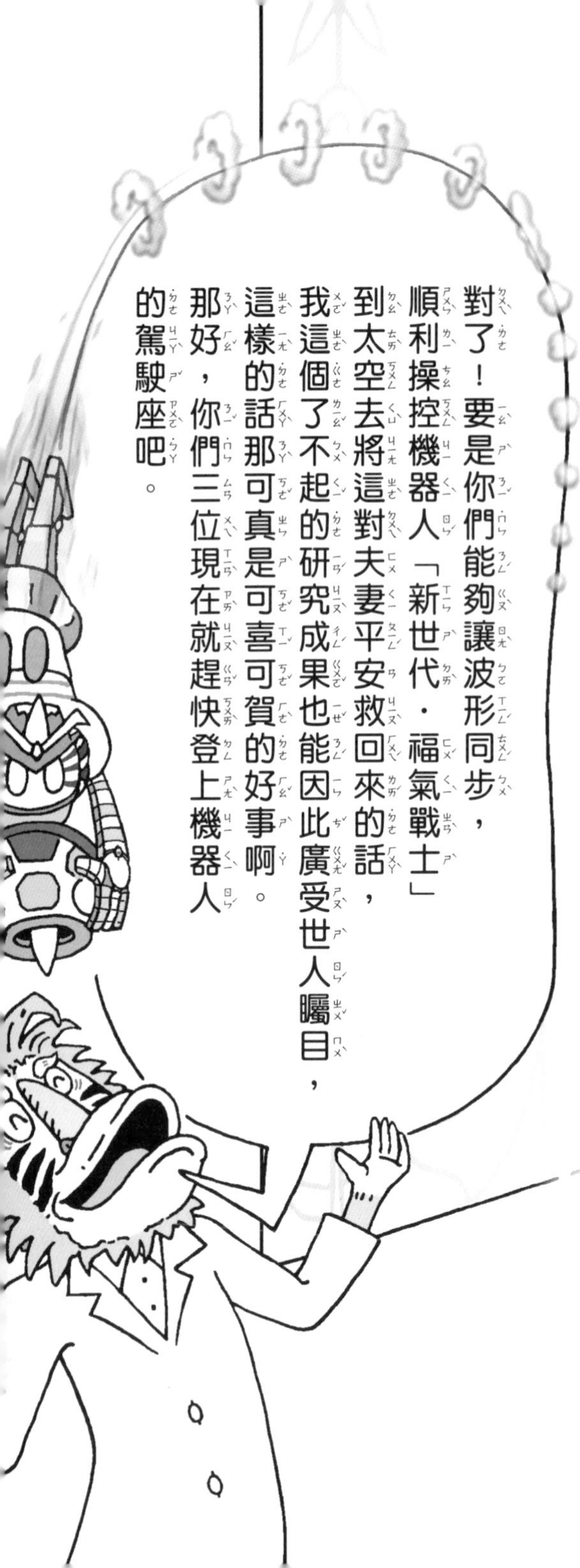
對了！要是你們能夠讓波形同步，順利操控機器人「新世代．福氣戰士」到太空去將這對夫妻平安救回來的話，我這個了不起的研究成果也能因此廣受世人矚目，這樣的話那可真是可喜可賀的好事啊。那好，你們三位現在就趕快登上機器人的駕駛座吧。

聽到造屁博士這麼說，

佐羅力這才想到：

「啊，完了！

我們剛剛不是追伊豬豬

追到一半嗎？魯豬豬，你現在馬上去把伊豬豬帶過來。

全靠你了！」

「是，遵、遵命——」

魯豬豬二話不說，

馬上從研究所飛奔而出——

他回到剛才與伊豬豬分開的地方，
但由於已經過了好長一段時間，
所以不管魯豬豬怎麼努力的
找哇找，都找不到
伊豬豬的蹤影。
魯豬豬一邊

大聲叫喚，
一邊到處跑來跑去
四處尋找，
卻始終沒有聽到
任何回應。
伊豬豬到底跑到哪裡去了呢？

不管怎麼找也
沒能找到伊豬豬的魯豬豬，
最後只好垂頭喪氣的
回到造屁博士的研究所。

這時，放屁高手李奧納多・布里奧，
還有河童福來弟，他們都偕同妻子
一起抵達了研究所，
他們正在聽造屁博士
介紹機器人
「新世代・
福氣戰士」。

另一位放屁高手丹克，很不巧的正在參加跳臺滑雪賽，所以沒辦法前來。

也就是說，現在聚集在這裡的幾位放屁名人，就是即將參加「新世代・福氣戰士」機器人波形同步測試實驗的人選。

首先，造屁博士

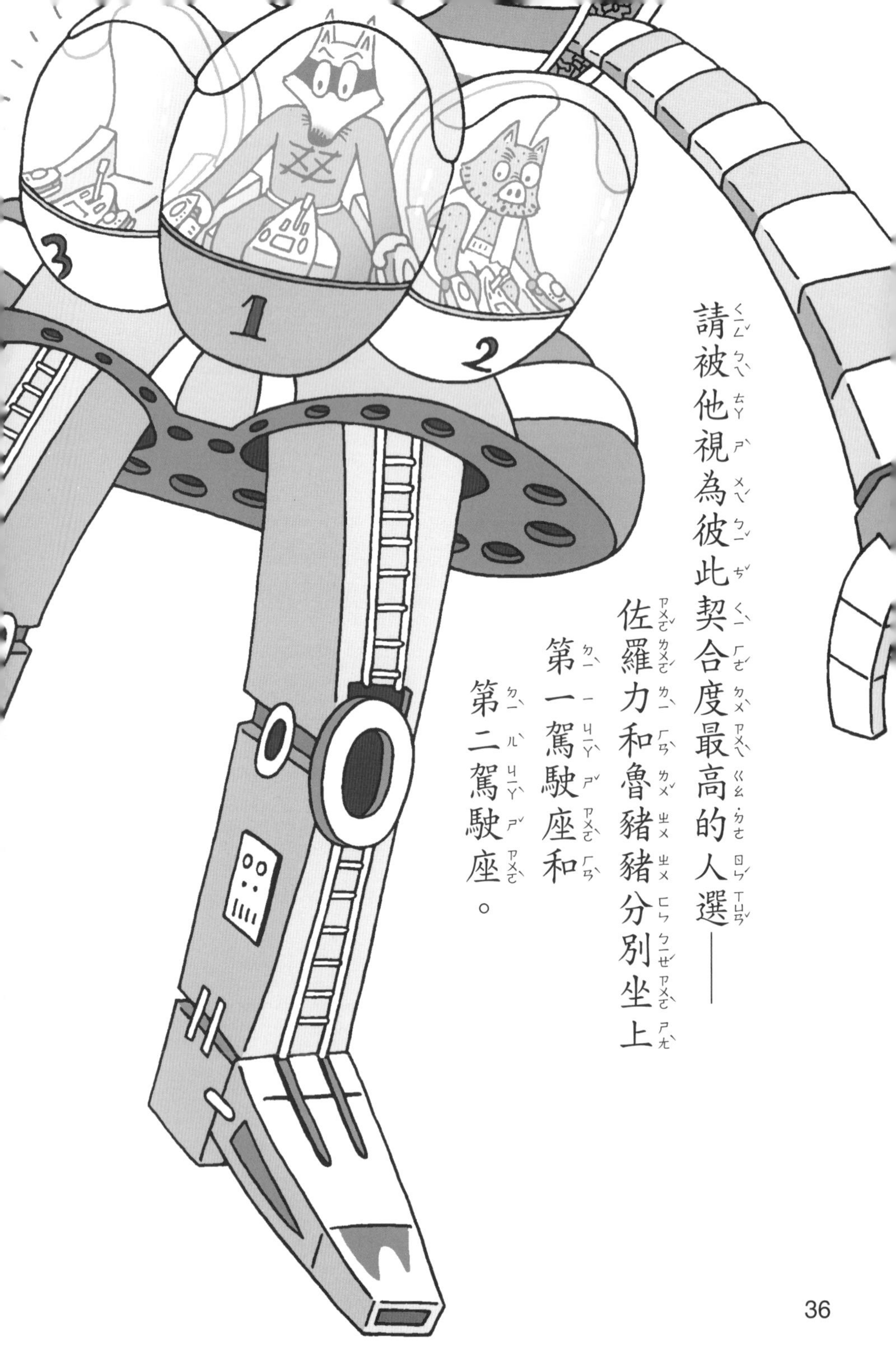

請被他視為彼此契合度最高的人選——
佐羅力和魯豬豬分別坐上
第一駕駛座和
第二駕駛座。

「接下來，第三位人選就先請放屁威力領先群雄的布里奧嘍。」

於是，被造屁博士點到名的布里奧，也跟著進入第三駕駛座的座艙。

但是，

正如同大家所隱隱約約察覺到的事實，布里奧的身材太胖了，以至於無法坐進駕駛座。

「呵呵呵，都是我太太羅絲的手藝太好，煮的東西太美味了，害我『幸福肥』呀。」

他很不好意思的從機器人身上爬下來。

然而，布里奧可是曾經締造過光是用屁就能將一艘豪華客輪頂起來的驚人紀錄呢。

他的這塊放屁高手招牌可不能輕易砸了。

既然錢多多號預計旅行一週，
那他們應該還有
十天左右的存糧和氧氣
可以保命。
看著吧，
我要用三天來減肥瘦身，
保證瘦到可以坐上駕駛座，
所以請再給我
一次機會。

布里奧如此向博士請求。

「當然沒問題。雖然我不知道事情接下來會怎麼發展，

但是請你為即將到來的那一刻做好準備吧。這裡就有健身房，你得在三天內減重十公斤才行。」

「我知道了。」

於是，布里奧與羅絲一起走進健身房。

接著，很快的就從健身房裡傳來——

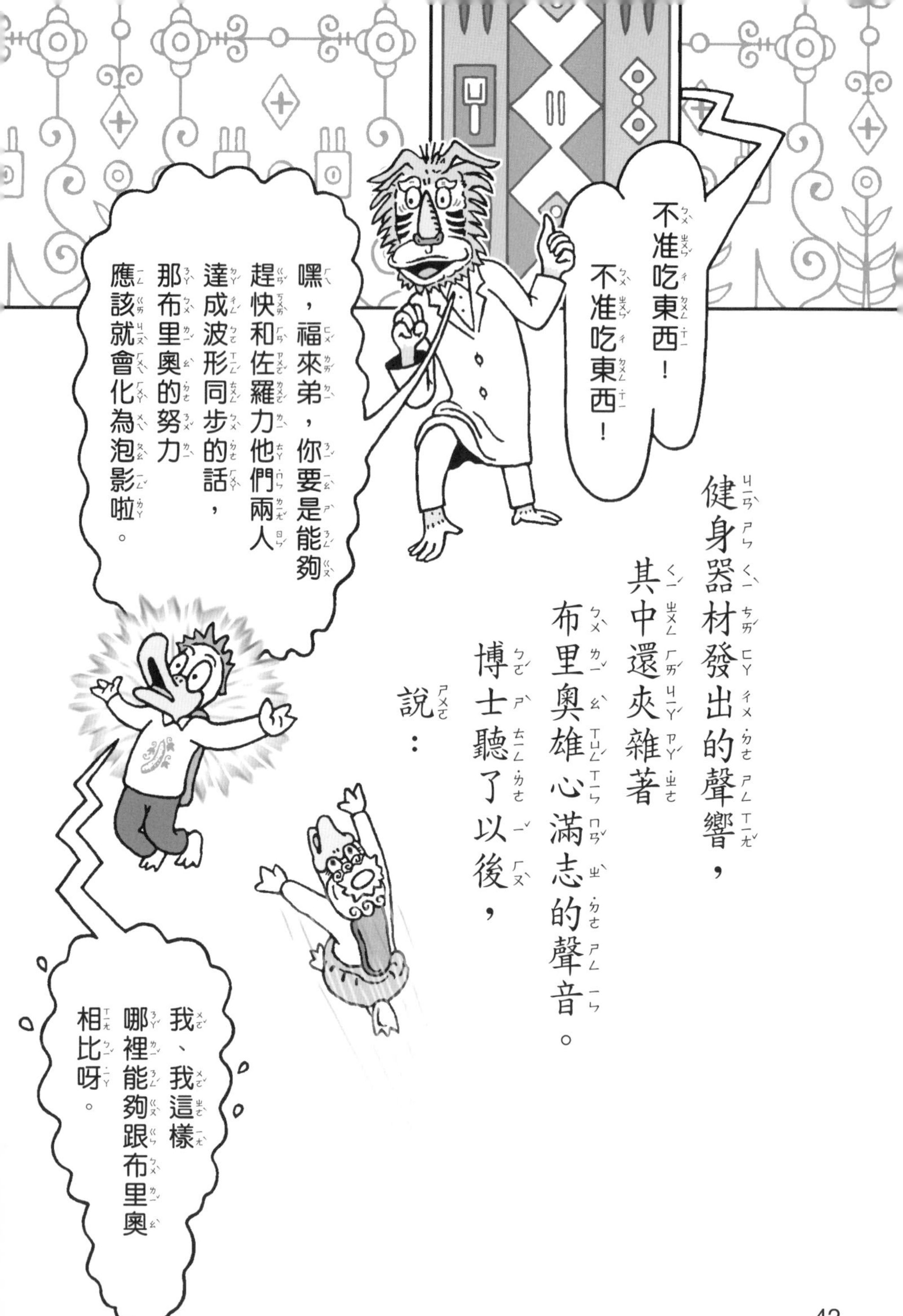
不准吃東西！
不准吃東西！

健身器材發出的聲響，
其中還夾雜著
布里奧雄心滿志的聲音。
博士聽了以後，
說：

嘿，福來弟，你要是能夠
趕快和佐羅力他們兩人
達成波形同步的話，
那布里奧的努力
應該就會化為泡影啦。
我、我這樣
哪裡能夠跟布里奧
相比呀。

博士的這番話，對於一向缺乏自信的福來弟來說，造成了不小的壓力。

「別擔心，你沒問題的。」

在太太的鼓勵下，福來弟不情不願的爬上梯子，朝駕駛座移動。

三個人吃下大量
由造屁博士所研發改良的地瓜後，
終於準備展開
第一次測試。

「首先，請你們先試著放出一次平常狀況下的屁。」造屁博士說完，三人就放出一般的屁……真不是蓋的，佐羅力和魯豬豬放出來的屁，波形幾乎一致。

不過，就如同你所看到的，福來弟的屁，波形很弱。

「福來弟，試看看能不能
放出強一點
的屁。」
聽到造屁博士這麼說，

3
1

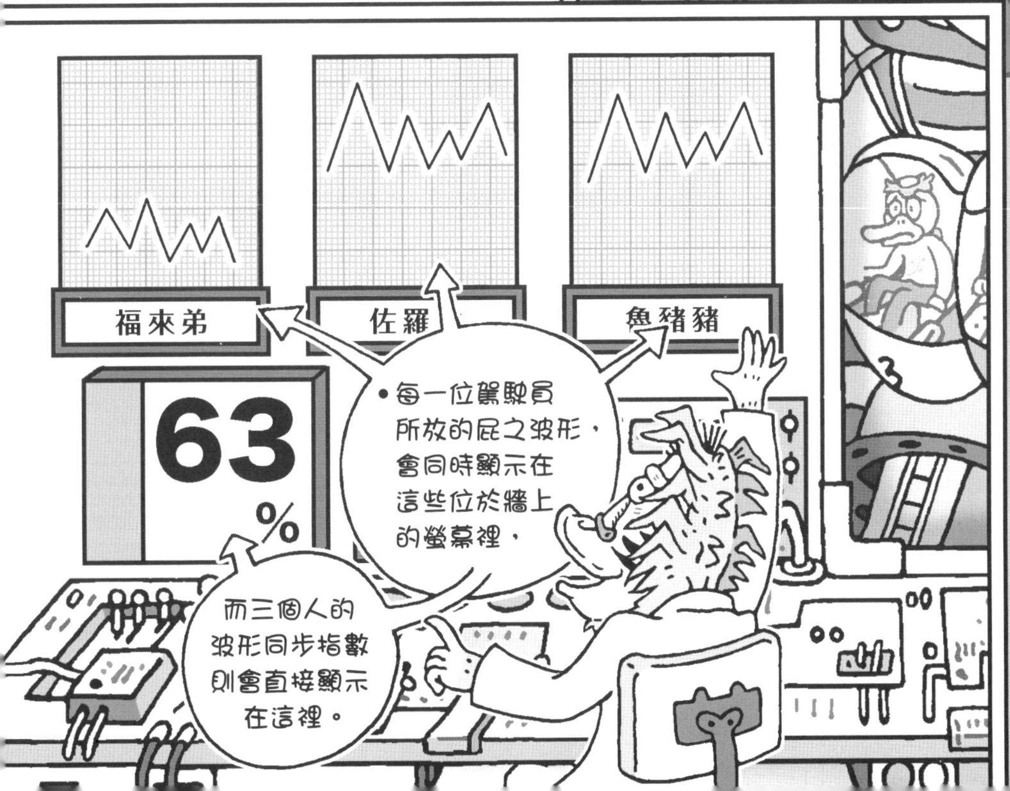
福來弟
佐羅
魯豬豬
63
%
每一位駕駛員所放的屁之波形，會同時顯示在這些位於牆上的螢幕裡，
而三個人的波形同步指數則會直接顯示在這裡。

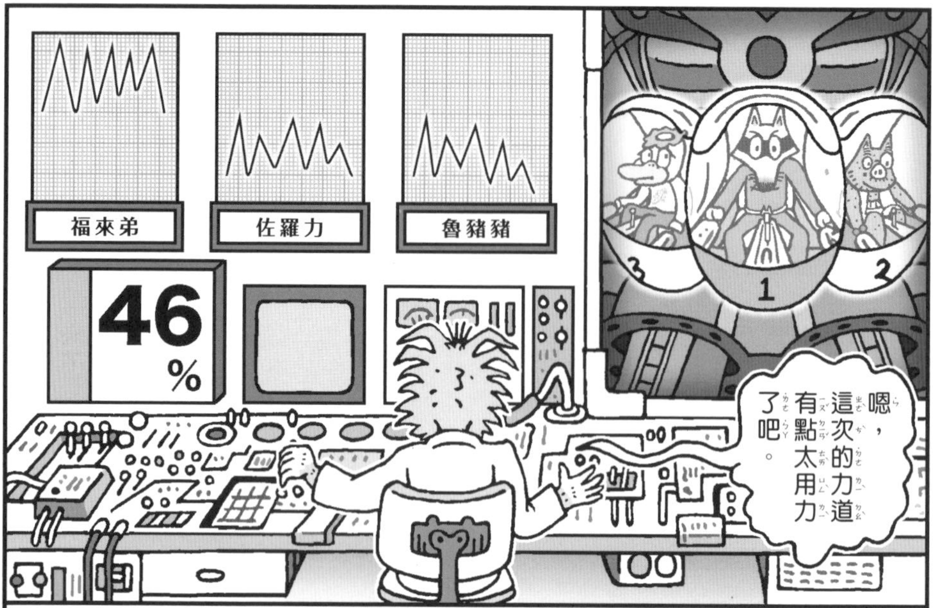

這次好像是有點放得太強了。那接下來——

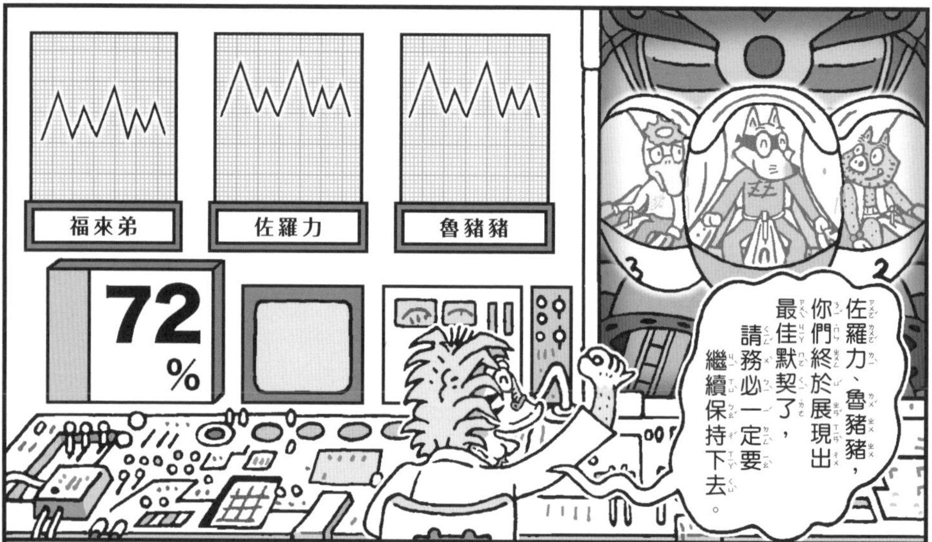

儘管波形同步指數稍微提高了些，但只有佐羅力和魯豬豬受到稱讚，反而使得福來弟喪失了自信。

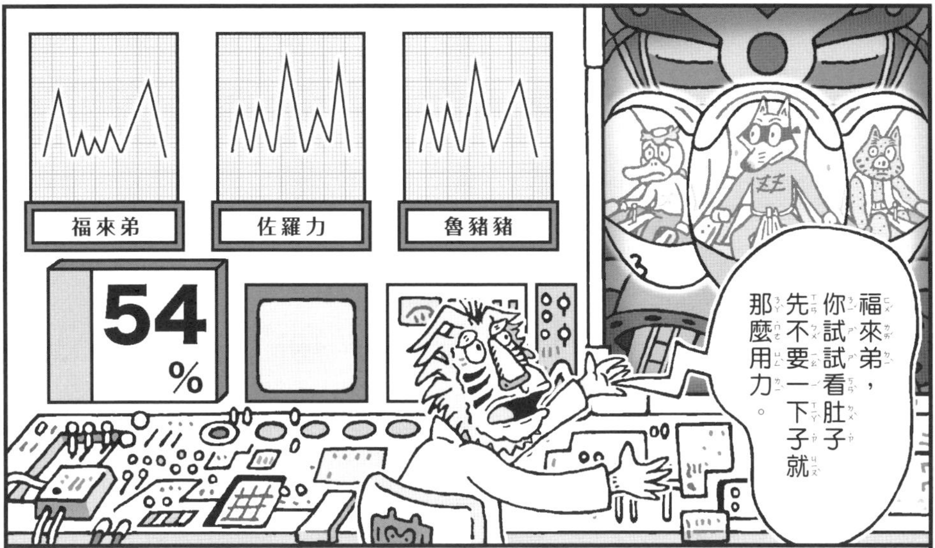

而且，有造屁博士在一旁對他下指導棋，更讓他心慌意亂，導致波形的同步指數起伏不定。

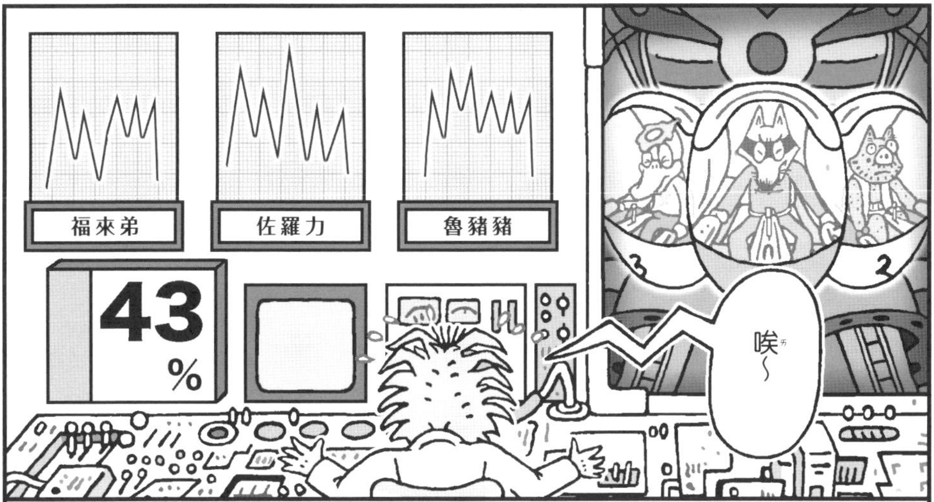

現在造屁博士總算明白了，原來想要讓三個人所放的屁能夠達到完全波形一致、波形同步指數一百，是一件多麼困難的事啊。

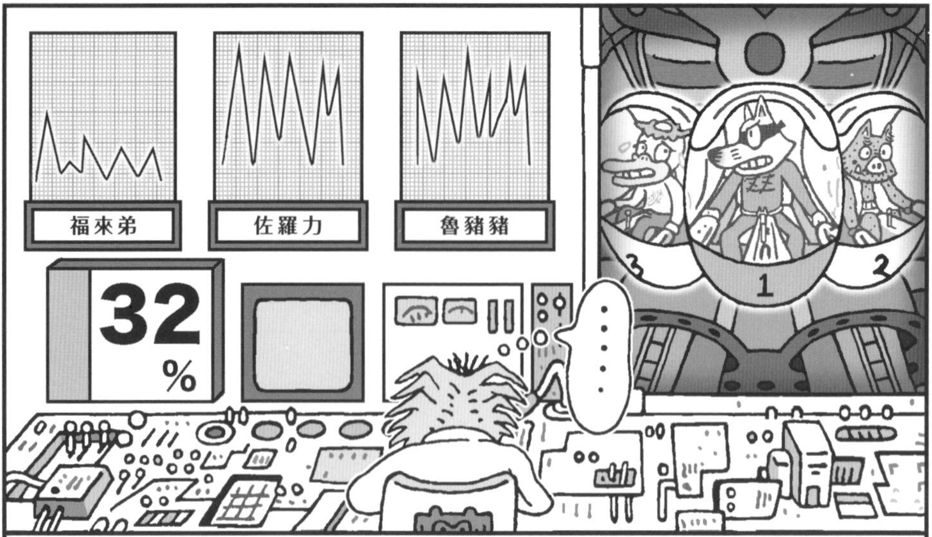

一邊是一心只想趕快飛往太空的佐羅力。
另一邊則是越焦急就越沒自信的福來弟。

隨著測試次數增加，大家漸漸失去默契，
三個人的屁波形也越來越紊亂、不一致了——

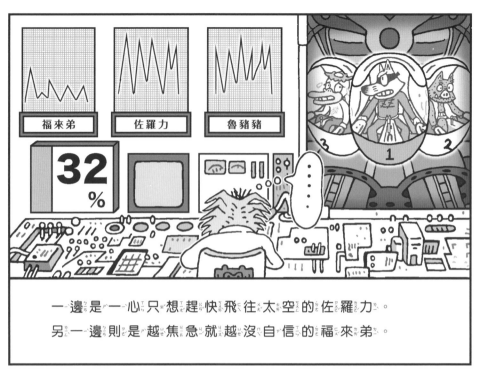

「照這樣下去，看來要達到完全同步還得花上許多時間才行。博士，你能不能試著聯絡錢多多他們，討論看看有沒有辦法盡量節省一點，讓火箭上的食物和氧氣可以再多撐幾天呢？」

聽佐羅力這麼說，造屁博士立刻搜尋到錢多多號的通訊電波，並向他們呼叫：

「錢多多小姐、葛雷先生，這裡是造屁博士研究所，聽到請回答。」

螢幕上出現了錢多多和葛雷的影像。

我們正打算飛往太空救回兩位，但是目前還需要一點時間。希望你們能努力再多撐一陣子，現在食物和氧氣大約還能撐幾天呢？
可、可是……是這樣的，我原本想讓故障的火箭降落在行星上，結果失敗了，過程中食物和氧氣耗損了非常多。現在大概只剩下兩天的份量，不，若是努力節省一點的話，應該可以撐三天。

這可真是一個令人震驚

的答案啊。

看來，幸運之神這是想要棄我們於不顧了。

看著錢多多露出帶著悲傷表情的笑臉，坐在駕駛座上的佐羅力，不由得大喊——

錢多多小姐，你放心，本大爺一定會去救你們的，請你們安心等待，千萬不要放棄希望。

就在這個時候，通訊電波的訊號突然中斷了。

「佐羅力先生，
你這話講的也太好聽了吧？
扣除掉機器人前往太空的飛航時間，
我們頂多只剩一天可以測試
波形同步耶。」
聽福來弟這麼說，
佐羅力立刻回答：
「你往這個方向想就錯了。
並不是有更多時間

我們就能夠達成波形同步，
最重要的還是要靠我們的專注力。
總之本大爺是絕對不會放棄的。」

「你說的對！我也不會放棄，
今天晚上我就要讓大家看到我瘦下來，
坐上駕駛座！」

從健身房裡探出頭來的布里奧一邊說，
一邊將健身器材的速度調快了一倍。

此外，

丹克也聯絡了造屁博士，說他已經結束比賽，
正開著車飛快趕過來。
而造屁博士也覺悟到自己同樣是個放屁高手，
也要有坐上駕駛座的心理準備才行。

為了拯救錢多多與葛雷，
大家的心念開始合而為一。

只不過，
造屁博士心裡還一直
記掛著伊豬豬。

他覺得如果是佐羅力、伊豬豬、魯豬豬三個人一起的話，應該能夠達到很完美的波形同步。

可偏偏連佐羅力都不知道伊豬豬的行蹤，所以也無計可施。

於是，造屁博士下定決心準備這麼做。

他向媒體透露「新世代・福氣戰士」
即將前往太空拯救錢多多號的計畫。

相關消息被媒體報導之後，
引起全世界的議論與關注。

終於有人願意伸出援手
拯救那對不幸的夫妻了。

電視臺為了現場連線報導，
馬上派人往研究所趕來。

這也正是造屁博士發布消息的用意。

只要有了現場連線的報導，電視臺一定會一整天都播放著伊豬豬的相關訊息。

緊急
尋人啟事
伊豬豬先生，如果你看到這則尋人啟事，
請你務必火速趕到造屁博士的研究所！
敬告每一位覺得自己會經看過這張臉的觀眾們！
這個人是拯救錢多多號重要的駕駛員候選人。
若是發現他的行蹤，請馬上將他帶到造屁博士的研究所。

這麼一來的話，伊豬豬也一定會在某處看到這一則尋人啟事吧！

可惜，伊豬豬完全沒有
看到這個電視新聞報導。
自從他與佐羅力和魯豬豬分開之後，
便一個人有氣無力的
沿著一條路往下坡走。
自山谷底傳來了哭泣聲，
伊豬豬循著聲音往下一看，
發現一個哭得很傷心的
老鼠小男孩。

遇到了
有困難的人
絕對不能放著不管，
這是他從佐羅力那裡
學來的。

「你怎麼了呢？」

聽到伊豬豬這麼問，
小男孩伸手指向
水流前方的那個洞穴。

「嗚嗚，我叫瑞特。

剛剛河水突然漲高，

我的兩個朋友就被困在

洞穴裡面出不來了。

我想去救他們，

可是慌亂之中，

不小心被岩石絆倒，

腳也扭傷了。」

就在伊豬豬聽小男孩

說明經過的時候，
河水上漲得更高了。

一定是
因為山上下過大雨
的緣故吧。

伊豬豬想看清楚洞穴中的狀況，
便趴在河岸上朝洞穴裡
張望——

「哇啊！」

突然從水裡面跳出一隻白老鼠。

「啊，勞舒！」

瑞特見了不禁大叫。

伊豬豬連忙將勞舒從河裡撈起來。

勞舒喘得上氣不接下氣，他斷斷續續的說：

「毛斯他不會游泳，

我自己也沒辦法帶他游出來，瑞特，你一起來幫忙吧。」

「好，我知道了，嗚喔。」

瑞特的臉皺成一團，他拖著受傷的腳，千辛萬苦來到了洞穴旁。

瑞特與勞舒深深吸了一口氣，就準備往水裡跳。

伊豬豬及時阻止了他們。

「瑞特的腳都已經傷成這樣了，
他沒辦法游泳去救朋友啦。
不如讓我去把他帶出來。
來吧，請先告訴我裡面的情況。」

於是，勞舒將毛斯的所在位置
畫給伊豬豬看，
他被困在一小塊凸出水面的岩石上。

「好，包在我身上。」

伊豬豬說完，不知為什麼竟然先拿出扭蛋，他打開塑膠殼，放走裡面的鍬形蟲。接著用尖銳的石頭，喀喀喀的在塑膠空殼上挖出一個洞，然後

啪沙——沙

跳入水中，潛往洞穴裡的水中通道。

小老鼠覺得又深又長的水道，
對體型巨大的伊豬豬來說，
卻是只要伸手用力划動四回，
就能抵達毛斯所在的地方。

河水已經快要
淹到毛斯那兒了。

「來，戴上這個。」
伊豬豬將扭蛋空殼
套在毛斯的頭上。

此時的扭蛋空殼，看起來就像是一頂老鼠專用的潛水安全帽。

「走吧，我們先逃離這裡。」

伊豬豬緊緊的抱住毛斯，一起循著原來的通道往回游。

不過，這次伊豬豬的手才划動兩回，他的身體就被岩壁卡住無法再前進。

水底的通道實在太狹窄了，
凹凸不平的岩石
勾住了伊豬豬的衣服。
咕嚕　咕嚕　咕嚕
儘管伊豬豬的眼睛已經看到外頭的
閃耀光線，但是不管他
如何拼命扭動屁股、晃動身體，
他的衣服還是被岩石牢牢勾住，
一點也沒辦法前進。

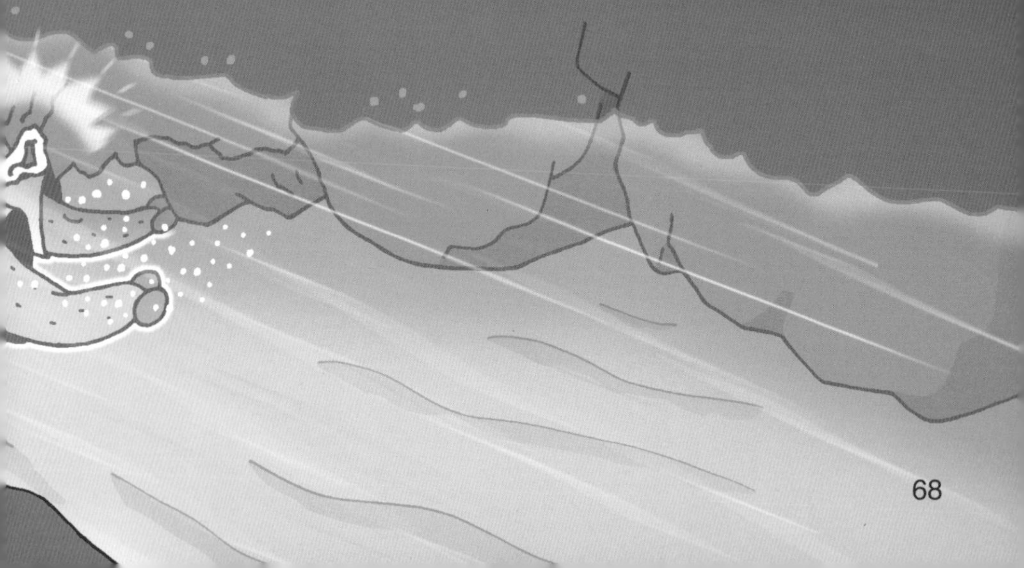

漸漸的，伊豬豬就快要
失去意識了。
等待的瑞特和勞舒，
則是在洞穴外
緊緊的盯住水面，
滿心期待著
毛斯和伊豬豬
的出現。

不過，等待的時間實在是
太久、太久了。
正當瑞特和勞舒
開始感覺到不安的時候——

伊豬豬放了一個很強勁的屁，接著就從水中一躍而出。

當然，他的手依舊緊緊抱著毛斯。

「哇——得救了。」
「毛斯，太好了——」
「我們三個可以
一起回去了。」
看到三隻小老鼠平安無事、
開心相聚，
不禁讓伊豬豬
想起了
一件事。

有時候即使你有心想要拯救重要的朋友，卻很可能因為發生某種意外而來不及拯救或根本拯救不了。

也許之前佐羅力大師和魯豬豬沒有追過來阻攔自己離開，就是有什麼原因讓他們無法追來。

這麼一想，伊豬豬就再也壓抑不住想要快點見到兩個夥伴的渴望。

不過，他要上哪兒找他們呢？

小老鼠們看到伊豬豬變得無精打采、淚眼汪汪，都嚇了一大跳。

「你怎麼了嗎？」

「你是不是有哪裡受傷了？」

「發生了什麼事嗎？我們能不能幫上你什麼忙？」

他們三個全走過來圍在伊豬豬身邊。

然而，這個時候，

在造屁博士的研究所裡，
機器人動力的波形同步測試
仍在持續進行。

同樣是放屁高手
的造屁博士
也加入了測試，
儘管他們已經嘗試了
各種搭配的三人組合，
卻仍沒能出現

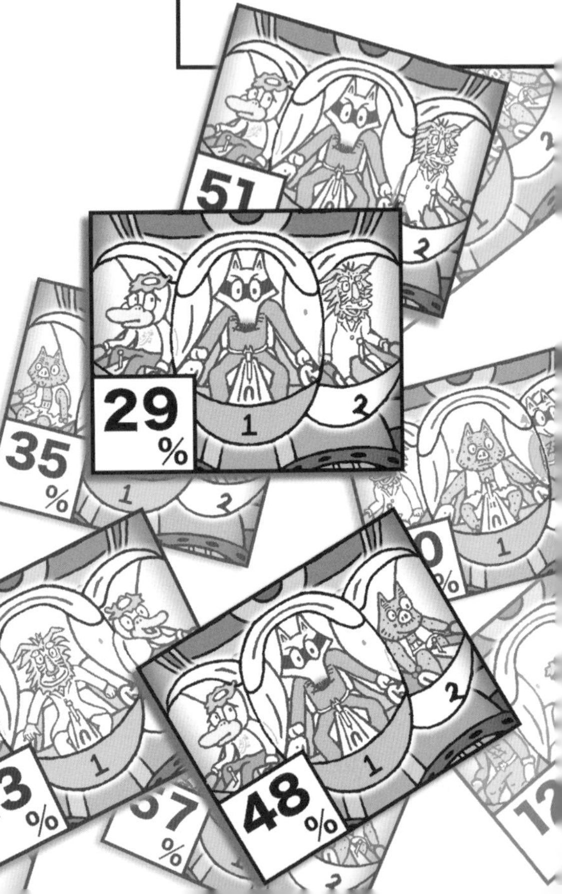

完美的波形同步結果。

在健身房裡減肥的布里奧也持續努力著，不過由於他過度激烈的瘦身，導致頭昏眼花。

依照這種狀況下去，即使他最後能坐上駕駛座，大概也沒有足夠的體力航向太空吧。

不過，

丹克馬上就要趕到了。

身為一名運動員，丹克說不定可以輕易控制自己的屁，而與任何人都達成波形同步。

要是真能這樣，

救災機器人應該就能即刻飛往太空吧。

這時，

嘟嗚嚕嚕嚕嚕

博士的手機鈴聲響了。

「哦，說不定已經找到伊豬豬了喔。」

他滿懷期待的接起電話，

電話裡是丹克的聲音。

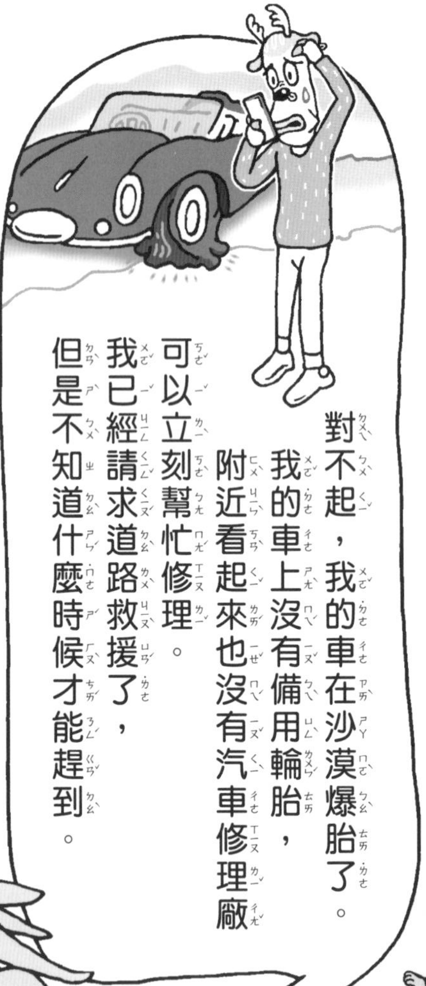
對不起，我的車在沙漠爆胎了。
我的車上沒有備用輪胎，
附近看起來也沒有汽車修理廠
可以立刻幫忙修理。
我已經請求道路救援了，
但是不知道什麼時候才能趕到。

該怎麼說呢？情況越來越糟，這麼一來，連丹克也無法期待了。

請電視臺大量播放的伊豬豬尋人啟事，至今仍然沒有任何消息。

看來一切又重回原點了。

造屁博士對於自己研發的「新世代．福氣戰士」機器人始終感到自信滿滿，他相信只要能藉助放屁高手的力量，一定可以馬上將它啟動。

造屁博士考慮過後，決定再度呼叫錢多多號。

等到錢多多和葛雷的身影出現在螢幕上的時候，造屁博士毫無隱瞞的對他們說出真實狀況：

「兩位請仔細聽我說。我們要前去救援你們的黃金時間只剩下半天，但是機器人卻遲遲沒有辦法啟動。當然，我們一定會努力到最後一刻。

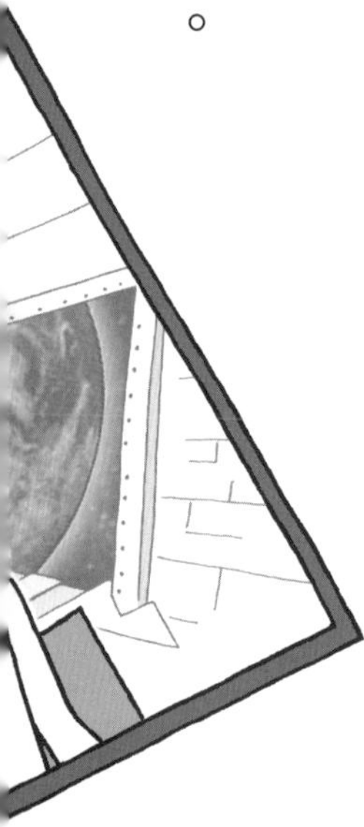

但是我希望兩位務必要做好最壞的打算。」

「對不起，本大爺之前說了大話，還跟你們說我一定會去救你們……」

坐在駕駛座上的佐羅力此刻也在深切的自我反省。

這時——

先前，當我們被告知救援的火箭來不及準備的時候，心裡已經有了澈底的覺悟。不管結果如何，大家已經為了拯救我們而努力到這樣的程度，真的非常感謝。謝謝大家。

兩人深深的對大家鞠躬致謝。

就在此時，研究所的大門——

突然被人
用力推開。
那個在夕陽餘暉中，
英姿煥發現身的剪影，
並不是
眾人所期待的
伊豬豬……
「你是誰？」
造屁博士出聲大喊。

那位男士沒有回答，
卻開口問：
「請問——
這裡是造屁博士的
研究所嗎？」
「是的，沒錯。」
「太好了。各位，是這兒，
就是這兒。」
從那位男士後面，

帶著三隻小老鼠的伊豬豬，居然意外現身了。

有了三隻老鼠帶路，伊豬豬好不容易從山谷往上爬，總算爬到路面。

這時，剛好遇見這名男士，

啊！
就是他！

男士將平板電腦上的那一則尋人啟事拿給伊豬豬看，並且匆匆忙忙的帶著他們來到造屁博士的研究所。

猛的冒出來
猛的冒出來
猛的冒出來
猛的冒出來

佐羅力和魯豬豬迫不及待的從駕駛座上一躍而下，飛奔到伊豬豬身邊。

「嗚哇——伊豬豬，你到底跑到哪裡去了，我找你找得好苦啊。」

佐羅力也跟著說：

「對不起啦，伊豬豬。

我也想快點與你和好，
但是在追趕你的半路上，
看到了錢多多遇難的新聞，
就想都沒想的跑到這邊來了。」
佐羅力很認真的道了歉。
「太好了。果然是因為
有大事發生你們才會這樣。」
伊豬豬知道自己並不是
一個人被丟下不管，

內心總算大大鬆了一口氣。
三個人彼此都沉浸在
深深的喜悅之中。

「不好意思，我們沒時間了，
令人感動的重逢先到此為止，
請你們立刻坐上
駕駛座。」

三個人聽到造屁博士
這麼說，

他們重新回到座艙，坐上駕駛座。伊豬豬吃下了滿肚子由造屁博士所研發的地瓜之後，

第一次測試，正式開始。

由於他的心中還殘留著重逢所帶來的感動，導致屁的力道稍微強了一點。

3
1
2

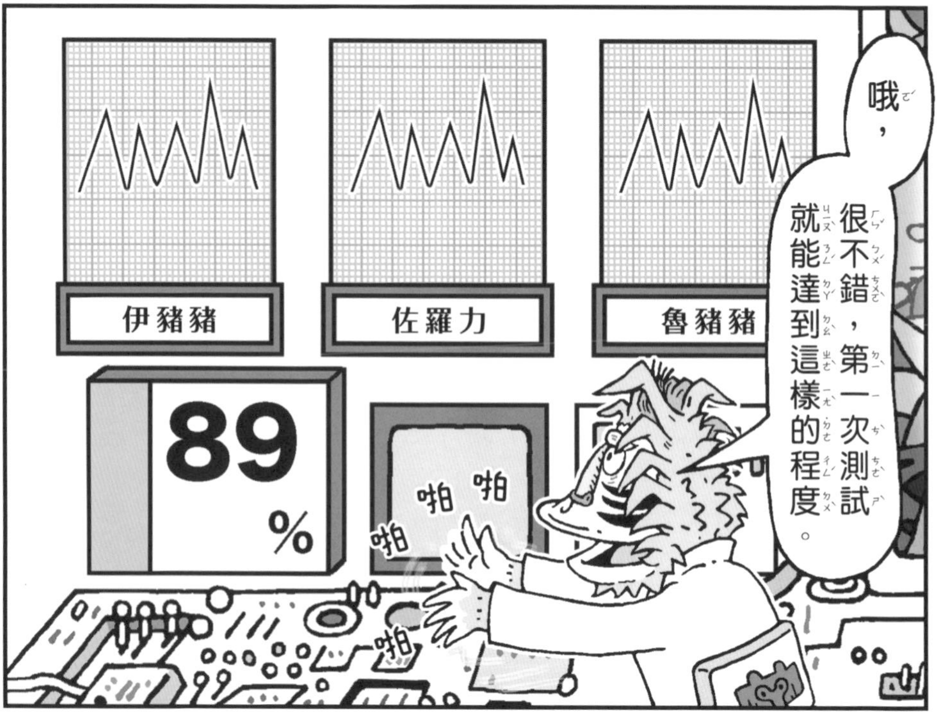
伊豬豬
佐羅力
魯豬豬
89 %
啪
啪
啪
啪
哦，很不錯，第一次測試就能達到這樣的程度。

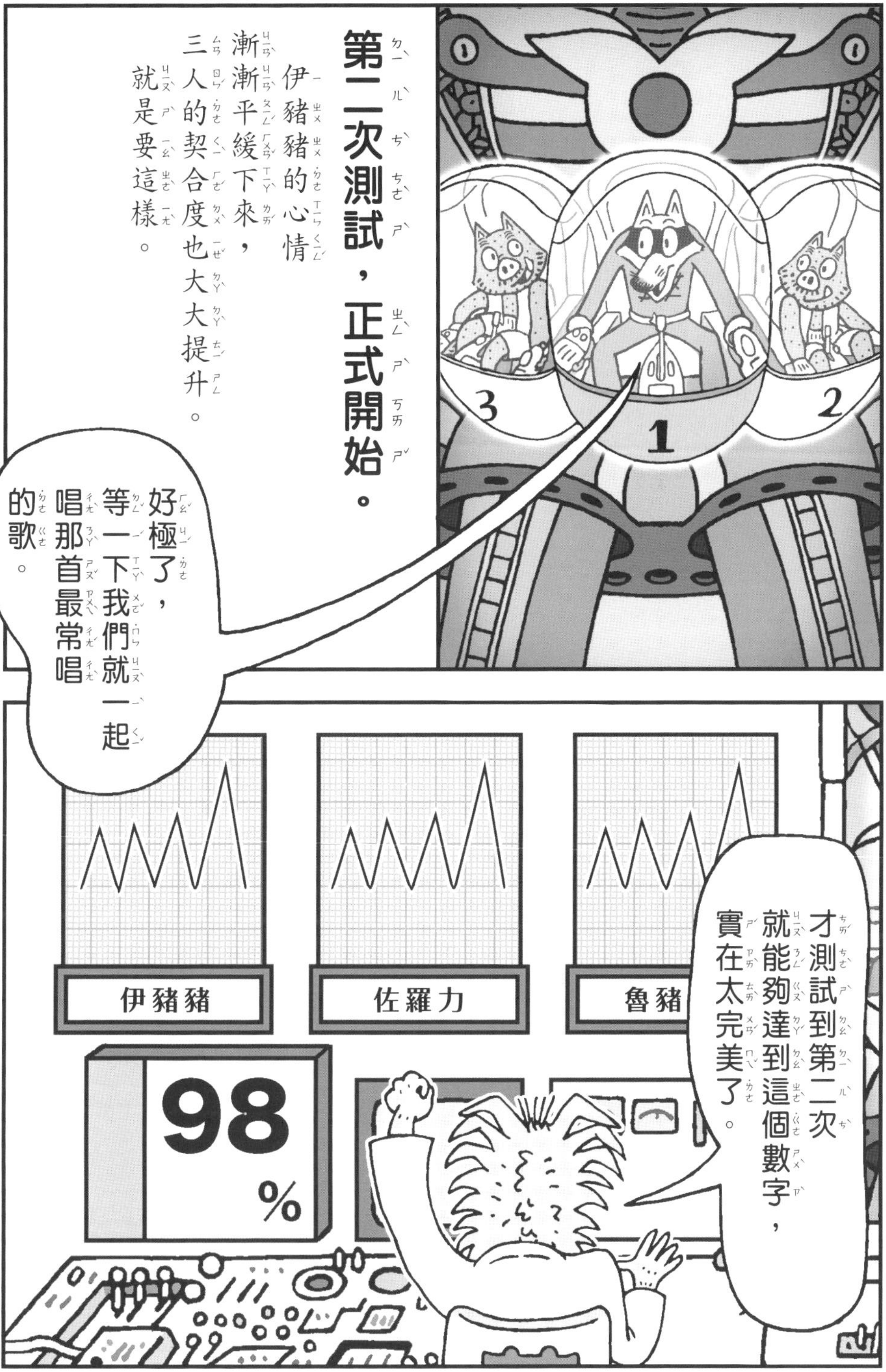
第二次測試，正式開始。
伊豬豬的心情漸漸平緩下來，三人的契合度也大大提升。
就是要這樣。
3
1
2
好極了，等一下我們就一起唱那首最常唱的歌。
魯豬
佐羅力
伊豬豬
98%
才測試到第二次就能夠達到這個數字，實在太完美了。

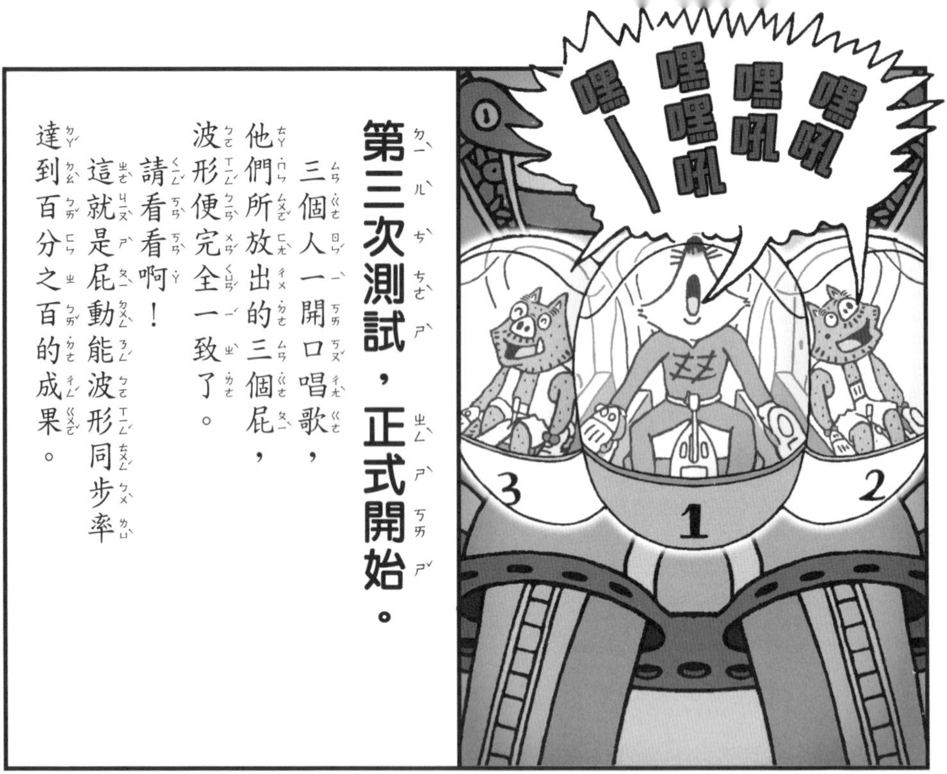
嘿吼
嘿吼
嘿嘿吼
嘿—
第三次測試，正式開始。
三個人一開口唱歌，
他們所放出的三個屁，
波形便完全一致了。
請看看啊！
這就是屁動能波形同步率
達到百分之百的成果。

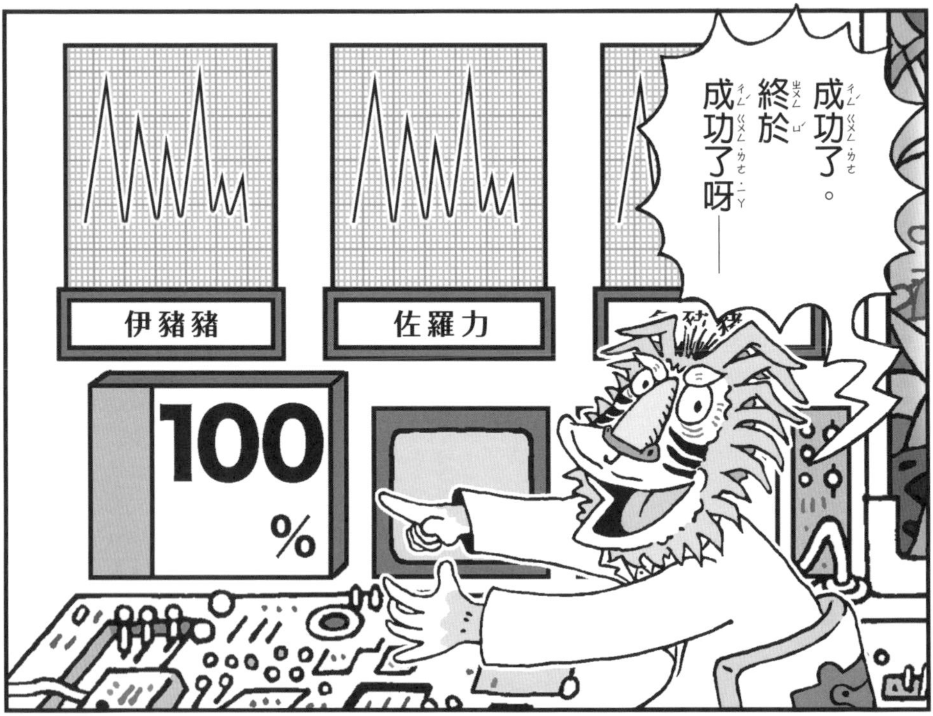
成功了。
終於成功了呀——
伊豬豬
佐羅力
100
%

「怎麼樣，我的預測是不是很準確呢？
你們三位果然是我所要找的
『新世代·福氣戰士』機器人
的最佳駕駛員。」
造屁博士的興奮之情，
感染了研究所裡的
所有人，當大家情緒都
達到最高峰時，大門又開了，
這次跑進來的——

可以出發了！立刻航向太空吧！
耶
好棒啊！
做得好哇！

是丹克。

「呼、呼，嘿，我趕上了嗎？」

「嗯——你剛剛好趕上了。」

聽完福來弟弟說明了事情原委，

丹克才知道已經正式決定好三位駕駛員的人選了。

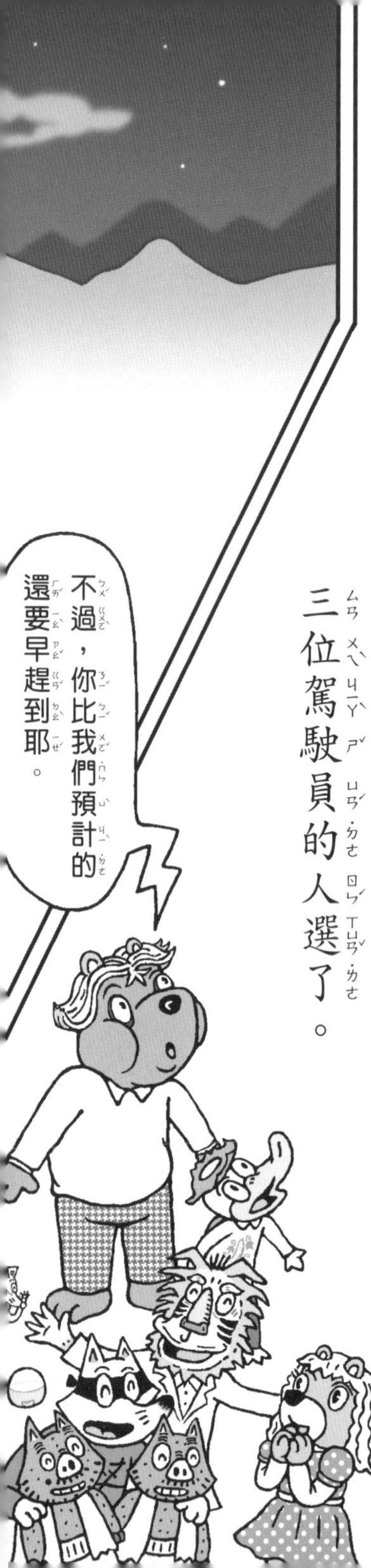
不過，你比我們預計的還要早趕到耶。

然而，比這件事更重要的，還是要將機器人已經準備出發前往太空的情況，傳達給更急於知道這個消息的兩個人。

是啊，運氣真好，緊要關頭的時候，那架飛機又剛好經過，就把我載到這裡來了。
大家順著丹克所指的方向望去，剛剛好看到一架紅色的飛機遠遠飛走了。

「錢多多小姐、
葛雷先生，
就在剛剛我們已經選定好
三位駕駛員，
現在可以出發去拯救兩位了。」

造屁博士向他們
傳達了好消息。

「啊，真的嗎？
那我們就抱著希望

等待你們的救援來到嘍。」
錢多多的臉龐
散發著光芒。

「當然。」
不過造屁博士
雖然回答得
斬釘截鐵，
他的心裡卻還擔心著一件事。
那就是——

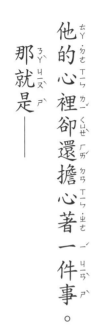

「新世代・福氣戰士」原本是製造用來
在地面工作的救災機器人，
一旦要飛向太空，就表示連同回程
所需要作為燃料的地瓜，也一定要配備充足才行。
不過，由於重量的限制，
目前只能先依照
回程所需要的屁的數量，
裝載剛剛好的地瓜，
不能超重。

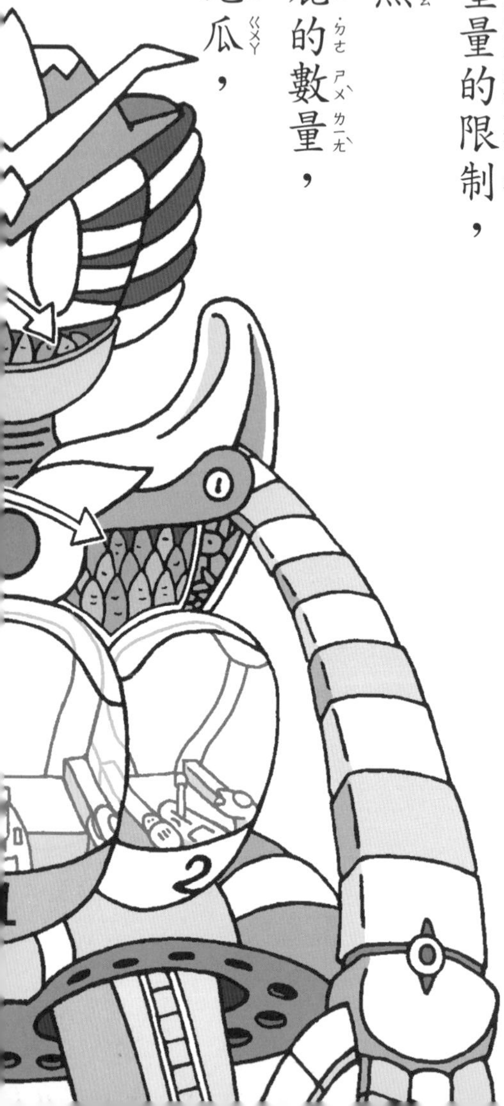

這就表示所搭載的地瓜，
一個都不能浪費。
不過，因為駕駛員是佐羅力他們三人，
相信他們一定能在節省地瓜的狀態下，
隨心所欲操控機器人才對。

根據我的計算，
要從太空返回地球，
每一個駕駛員
至少需要32個地瓜，
也就是全部加起來
一共要
96個地瓜。
考慮到
很可能臨時
發生意外狀況，
每人要再
多加上一個，
也就是希望
總共能夠攜帶
99個地瓜……

32
32
+ 32
96
+ 3
99

但是因為有
重量的限制，
這個機器人
最多也只能
裝載到
96個地瓜
而已。

嘴巴裡面放24個

胸口裡面放72個

這樣到底夠不夠呢？
但是也沒有別的辦法了，
算了，只能先這樣。

佐羅力他們三個人吃下地瓜後，做好各種放屁的充分準備。

於是，在眾人的期待下，佐羅力、伊豬豬、魯豬豬穿戴好太空人裝備後正式現身了。

他們這身裝扮有別於平常的模樣。這是因為機器人升空已經受到來自全世界的人們爭相矚目，而目前仍在被動物警察通緝中的佐羅力擔心行蹤暴露，因此三人都稍稍進行了變裝。

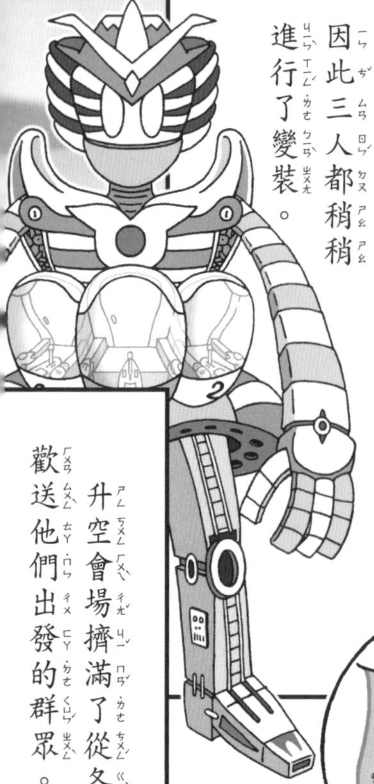

升空會場擠滿了從各地趕來歡送他們出發的群眾。

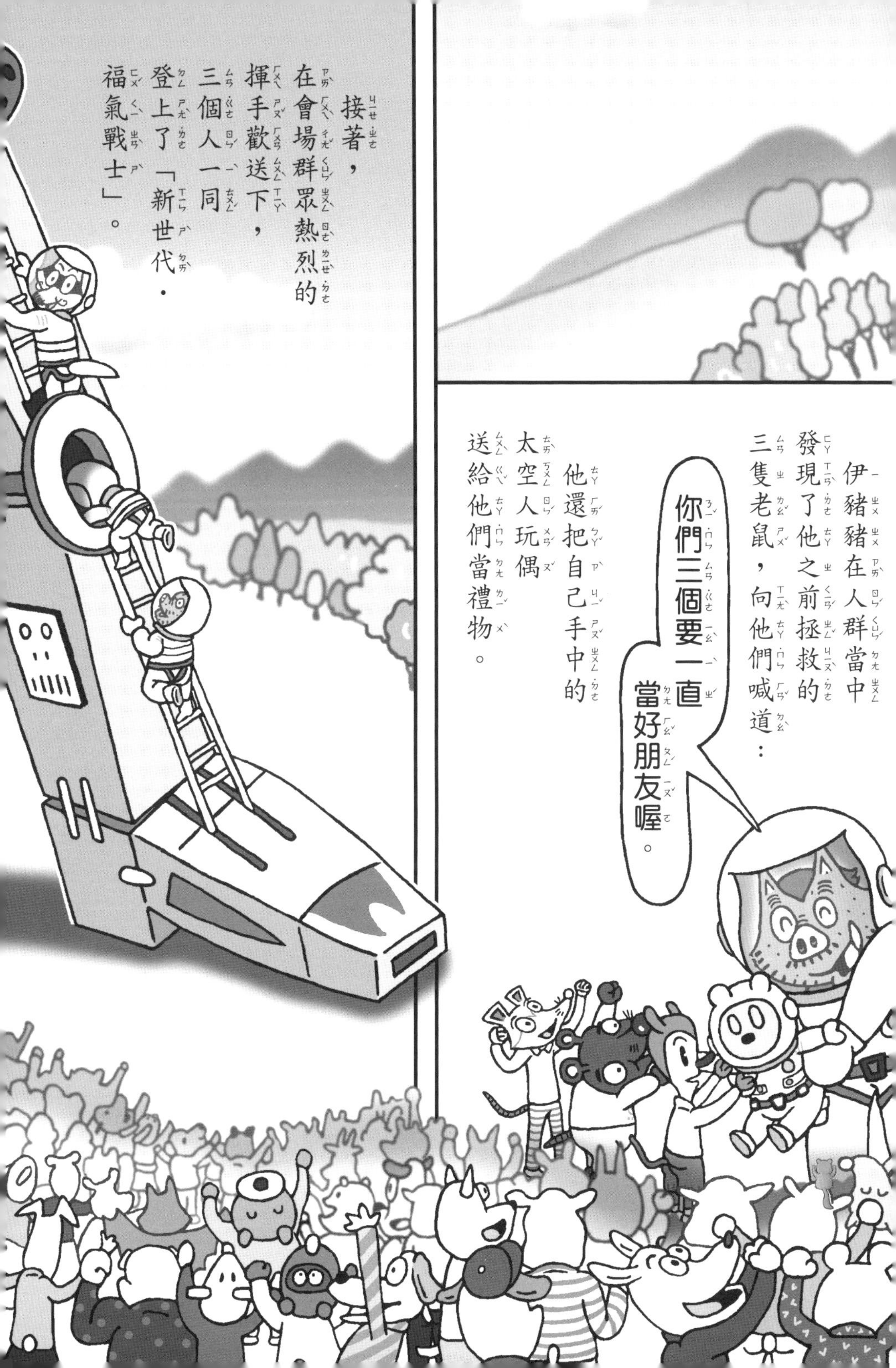
你們三個要一直當好朋友喔。

伊豬豬在人群當中發現了他之前拯救的三隻老鼠，向他們喊道：

他還把自己手中的太空人玩偶送給他們當禮物。

接著，在會場群眾熱烈的揮手歡送下，三個人一同登上了「新世代．福氣戰士」。

造屁博士正在研究所的指揮室等待著。
嗯，該是讓世人好好見識「新世代．福氣戰士」有多厲害的時刻了。
造屁博士按下了啟動的按鈕，開始倒數計時。
98
99
100
錢多多、葛雷，等著吧，我們這就出發馬上去救你們！
嗶嗶
為了大家，我一定要放出很夠看的屁。
請連同我這一份也一起努力吧。
報告警視總監，我好像在哪裡看過駕駛員……
看來的確是如此。
一定要平平安安的回來喔。
嗯——
我想讓我們公司的名字出現在那個機器人身上。
我們會在地球上當你們的強力後盾，支持你們。
那一定會很有宣傳效果喔。

佐羅力、伊豬豬、魯豬豬
背負了眾人的期望，
他們接下來即將航向太空。
相信他們三個人一定能
將錢多多和葛雷救回地球吧。
關於他們三個即將
活躍於太空的故事，
敬請各位期待續集——
《怪傑佐羅力太空大作戰》！

●作者簡介

原裕 Yutaka Hara

一九五三年出生於日本熊本縣，一九七四年獲得KFS創作比賽「講談社兒童圖書獎」，主要作品有《小小的森林》、《手套火箭的宇宙探險》、《寶貝木屐》、《小噗出門買東西》、《我也能變得和爸爸一樣嗎？》、【輕飄飄的巧克力島】系列、【膽小的鬼怪】系列、【菠菜人】系列、【怪傑佐羅力】系列、【鬼怪尤太】系列、【魔法的禮物】系列等。

●譯者簡介

周姚萍

兒童文學創作者、譯者。著有《我的名字叫希望》、《山城之夏》、《妖精老屋》、《魔法豬鼻子》等作品。譯有《大頭妹》、《四個第一次》、《班上養了一頭牛》、《那記憶中如神話般的時光》等書籍。曾獲「文化部金鼎獎優良圖書推薦獎」、「聯合報讀書人最佳童書獎」、「幼獅青少年文學獎」、「國立編譯館優良漫畫編寫」、「九歌年度童話獎」、「好書大家讀年度好書」、「小綠芽獎」等獎項。

國家圖書館出版品預行編目資料

怪傑佐羅力機器人救災大作戰
原裕 文、圖；周姚萍 譯 --
第一版. -- 臺北市：親子天下, 2021.06
104 面；14.9x21公分. --（怪傑佐羅力系列；59）
注音版
譯自：かいけつゾロリロボット大さくせん
ISBN　978-957-503-974-5（精裝）
861.59　　110004017

怪傑佐羅力系列 59

怪傑佐羅力機器人救災大作戰

作者｜原裕（Yutaka Hara）
譯者｜周姚萍
責任編輯｜張佑旭
特約編輯｜游嘉惠
美術設計｜蕭雅慧
行銷企劃｜劉盈萱

天下雜誌群創辦人｜殷允芃
董事長兼執行長｜何琦瑜
媒體暨產品事業群
總經理｜游玉雪
副總經理｜林彥傑
總編輯｜林欣靜
行銷總監｜林育菁
資深主編｜蔡忠琦
版權主任｜何晨瑋、黃微真

出版者｜親子天下股份有限公司
地址｜臺北市 104 建國北路一段 96 號 4 樓
電話｜（02）2509-2800
傳真｜（02）2509-2462

網址｜www.parenting.com.tw
讀者服務專線｜（02）2662-0332
讀者服務傳真｜（02）2662-6048
客服信箱｜parenting@cw.com.tw
週一～週五：09：00～17：30
法律顧問｜台英國際商務法律事務所・羅明通律師
製版印刷｜中原造像股份有限公司
總經銷｜大和圖書有限公司
電話｜（02）8990-2588

出版日期｜2021 年 6 月第一版第一次印行
2023 年 12 月第一版第七次印行
定價｜300 元
書號｜BKKCH028P
ISBN｜978-957-503-974-5（精裝）

訂購服務
親子天下 Shopping｜shopping.parenting.com.tw
海外・大量訂購｜parenting@cw.com.tw
書香花園｜臺北市建國北路二段 6 巷 11 號
電話｜（02）2506-1635
劃撥帳號｜50331356 親子天下股份有限公司

每讀新聞

號外

機器人「新世代・福氣戰士」終於要航向太空！

倒數計時，開始。

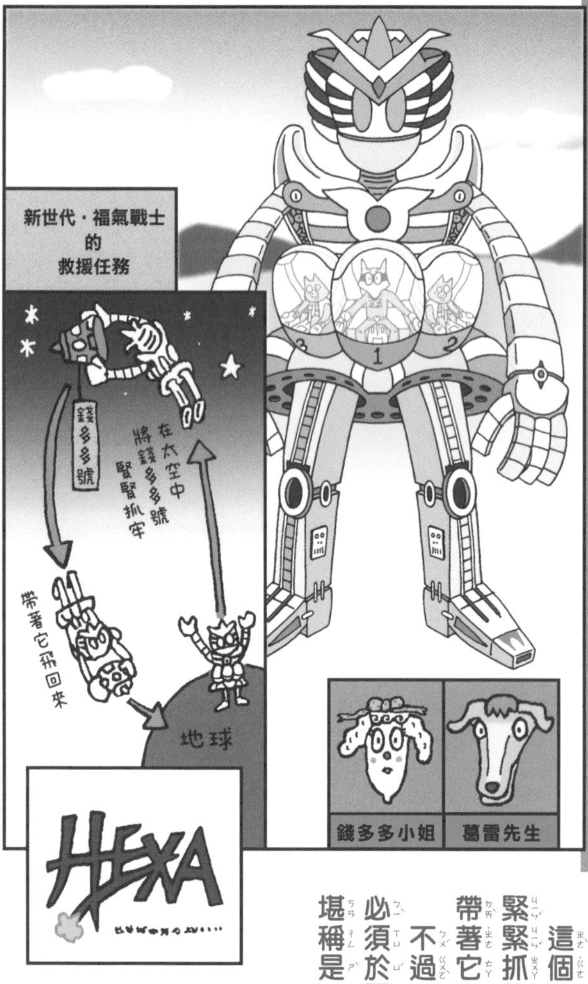
新世代・福氣戰士
的
救援任務
錢多多號
在太空中
將錢多多號
緊緊抓牢
帶著它飛回來
地球
3
1
2
錢多多小姐
葛雷先生
HEXA

搭載著錢多多小姐與葛雷先生的錢多多號目前正滯留於太空中，即將前往救援他們的機器人「新世代・福氣戰士」已經做足了準備，終於展開進入發射前的倒數計時。

這個計畫預計會以機器人的雙手緊緊抓住錢多多號，帶著它返航地球。

不過，由於氧氣與食物的存量有限，必須於兩天之內返航，堪稱是一項十分艱難的任務。

此外，國家當局爲了成爲這項計畫的強力後盾，也決定啟動名爲「HEXA」的援助方案，積極提供太空人各項裝備，以及技術層面等相關支援。